紅樓夢第四十六回

尷尬人難免尷尬事　鴛鴦女誓絕鴛鴦偶

話說黛玉直到四更將闌方漸漸的睡去暫且無話如今且說鳳姐兒因見邢夫人叫他不知何事忙另穿戴了一番坐車過來邢夫人將房內人遣出悄悄向鳳姐兒道叫你來不爲別的有一件爲難的事老爺托我我不得主意先和你商議老爺因看上了老太太屋裡的鴛鴦要他在房裡叫我和老太太討去我想這倒是常有的事就怕老太太不給你可有法子辦這件事麼鳳姐兒聽了忙陪笑道依我說竟別碰這個釘子去老太太離了鴛鴦飯也吃不下去那裡就捨得了況且平日說起閑

話來老太太常說老爺如今上了年紀做什麼左一個右一個的放在屋裡頭宗躭悞了人家的女孩兒二則放着身子不保養官兒也不好生做成日和小老婆喝酒太太聽聽很喜歡偺們老爺麼這會子躲還怕躲不及這不是拿草棍兒戳老虎的鼻子眼兒去嗎太太別惱我是不敢去的明放著不中用而且反招出沒意思來老爺如今上了年紀行事不免有點兒背晦太太勸勸纔是比不得年輕做這些事無礙如今兄弟姪兒兒子孫子一大羣還這麼鬧起來怎麼見人呢邢夫人冷笑道大家子三房四妾的也多偏偺們就使不得我勸了也未必依就是老太太心愛的丫頭這麼鬍子蒼白了又做了官的一個大

兒子要了做屋裡人也未必好駁回的我叫了你來不過商議商議你先派了一篇的不是也有叫你去的理自然是我們去你倒說我不勸你還是不知老爺那性子的勸不成先和我鬧起來鳳姐知道邢夫人禀性愚弱只知奉承賈赦以自保次則婪取財貨為自得家下一應大小事務俱由賈赦擺佈凡出入銀錢一經他的手便剋扣異常以賈赦浪費為名須得我就中儉省方可償補兒女奴僕一人不靠一言不聽如今又聽說如此的話便知他又弄左性子勸也不中用了連忙陪笑說道太太這話說的極是我能活了多大知道什麼輕重想來父母跟前別說一個丫頭就是那麼大的一個活寶貝不給老爺給誰

背地裡的話那裡信的我竟是個傻子拿著二爺說起或有日得了不是老爺太太恨的那樣恨不得立刻拿來一下子打死及至見了面也罷了依舊拿著老爺太太心愛的東西賞他如今老太太待老爺自然也是這麼着依我說老太太今兒喜歡要討今兒就討去我先過去哄著老太太等太太過去了我搭赸着走開把屋子裡的人我也帶開太太好和老太太說給了更好不給也沒防碍衆人也不能知道邢夫人見他這般說便又喜歡起來又告訴他道我的主意先不和老太太說老太太說不給這事就死了我心裡想着先悄悄的和鴛鴦說他雖害臊我細細的告訴了他他要是不言語就妥了那時再和老太

太說老太太雖不依擱不住他愿意常言人去不中留自然這
就妥了鳳姐兒笑道到底是太太有智謀這是千妥萬妥別說
是鴛鴦憑他是誰那一個不想巴高望上不想出頭的放著半
個主子不做倒愿意做了頭將來配個小子就完了呢邢夫人
笑道正是這個話了別說鴛鴦就是那些執事的大了頭誰不
愿意這樣呢你先過去別露一點風聲我吃了晚飯就過來鳳
姐兒暗想鴛鴦素昔是個極有心胸氣性的了頭雖如此說保
不嚴他愿意不愿意我先過去了太太後過去他要依了便沒
的話說倘或不依太太是多疑的人只怕疑我走了風聲叫他
拿腔作勢的那時太太又見應了我的話羞惱變成怒拿我出

起氣來倒沒意思不如同着一齊過去了他依也罷不依也罷
就疑不到我身上了想畢因笑道纔我臨來舅母那邊送了兩
籠子鵪鶉我吩咐他們炸了原要赶太太晚飯上送過來我纔
進大門時見小子們抬車說太太的車拔了縫拿去收拾去了
不如這會子坐了我的車一齊過去倒好邢夫人聽了便命人
來換衣裳鳳姐忙著伏侍了一回娘兒兩個坐車過來鳳姐兒
又說道太太過老太太那裡去我要跟了去老太太要問起我
過來做什麽那倒不好不如太太先去我脫了衣裳再來邢夫
人聽了有理便自往賈母處來和賈母說了一回閒話兒便出
來假托往王夫人屋裡去從後屋門出去打鴛鴦的卧房門前

過只見鴛鴦正坐在那裡做針線見了邢夫人站起来邢夫人笑道做什麽呢一面說一面便過來接他手內的針線道我看看你扎的花兒看了一看又道越發好了遂放下針線又渾身打量只見他穿着半新的藕色綾袄青緞掐牙坎肩兒下面水綠裙子蜂腰削背鴨蛋臉烏油頭髮高高的鼻子兩邊腮上微微的幾點雀瘢鴛鴦見這般看他自已倒不好意思起來心裡便覺詫異因笑問道太太這會子不早不晚的過來做什麽邢夫人使個眼色兒跟的人退出邢夫人便坐下拉著鴛鴦的手笑道我特來給你道喜來的鴛鴦聽了心中已猜着三分不覺紅了臉低了頭不發一言聽邢夫人道你知道老爺跟前竟没

有個可靠的人心裡再要買一個又怕那些牙子家出来的不乾不淨也不知道毛病兒買了来三日兩日又弄鬼掉猴的因滿府裡要挑個家生女兒又没個好的不是模樣兒不好就是性子不好有了這個好處没了那個好處因此常冷眼選了半年這些女孩子裡頭就只你是個尖兒模樣兒行事做人温柔可靠一概是齊全的意思要和老太太討了你去收在屋裡你比不得外頭新買了來的這一進去了就開了臉就封你作姨娘又體面又尊貴你又是個要強的人俗語說的金子還是金子換誰知竟叫老爺看中了你如今這一來可遂了你素日心高智大的愿了又堵一堵那些嫌你的人的嘴跟了我叫老太

太去說着拉了他的手就要走鴛鴦紅了臉奪手不行邢夫人知他害臊便又說道這有什麽臊的又不用你說話只跟着我就是了鴛鴦只低頭不動身邢夫人見他這般便又說道難道你還不願意不成若果然不願意可真是個傻丫頭了放着主子奶奶不做倒願意做丫頭三年兩年不過配上個小子還是奴才你跟我們去你知道我的性子又好又不是那不容人的人老爺待你們又好過一年半載生個一男半女你就和我並肩了家裡的人你要使喚誰誰還不動現成主子不做去錯過了機會後悔就遲了鴛鴦只管低頭仍是不語邢夫人又道你這麽個爽快人怎麽又這樣積粘起來有什麽不稱心的地方

兒只管說我管保你遂心如意就是了鴛鴦仍不語邢夫人又笑道想必你有老子娘你自己不肯說話怕臊你等他們問你呢這也是理等我問他們去叫他們來問你有話只管告訴他們說畢便往鳳姐兒屋裡來鳳姐兒早換了衣裳因屋內無人便將此話告訴了平兒平兒也搖頭笑道據我看來未必妥當平常我們背着人說起話來聽他那個主意未必肯也只說着瞧罷了鳳姐兒道太太必來這屋裡商量依了還猶可要是不依白討個沒趣兒當着你們豈不臉上不好看你說給他們炸些鵪鶉再有什麽配幾樣預備吃飯你且別處逛逛去估量着走了你再來平兒聽說照樣傳給婆子們便逍遙自在的園子

裡來這裡鴛鴦見邢夫人去了必到鳳姐房裡商議去了還必定有人來問他不如躲了這裡因找了琥珀道老太太要問我只說我病了沒吃早飯往園子裡逛逛就來琥珀答應了鴛鴦便往園子裡來各處遊玩不想正遇見平兒平兒見無人便笑道新姨娘來了鴛鴦聽了便紅了臉說道怪道你們串通一氣來算計我等着我和你主子鬧去就是了平兒見鴛鴦滿臉惱意自悔失言便拉到楓樹底下坐在一塊石上把方纔鳳姐過去回來所有的形景言詞始末原由都告訴了他鴛鴦紅了臉向平兒冷笑道我只想偺們好比如襲人琥珀素雲紫鵑彩霞玉釧麝月翠墨跟了史姑娘去的翠縷死了的可人和金釧去

了的茜雪連上你我這十來個人從小兒什麽話兒不說什麽事兒不做這如今因都大了各自幹各自的去了我心裡却仍是照舊有話有事並不瞞你們這話我先放在你心裡且別和二奶奶說別說大老爺要我做小老婆就是太太這會子死了他三媒六証的娶我去做大老婆我也不能去平兒方欲說話只聽山石背後哈哈的笑道好個沒臉的丫頭虧你不怕牙磣二人聽了不覺吃了一驚忙起身向山後找尋不是別人却是襲人笑着走出來問什麽事情也告訴告訴我說着三人坐在石上平兒又把方纔的話說了襲人聽了說道這話論理不該我們說這個大老爺真真太下作了畧平頭正臉的他就不能

都成了小老婆了看的眼熱了也把我送在火坑裡去我若得臉呢你們外頭橫行霸道自己封就了自己是舅爺我要不得臉敗了時你們把忘八脖子一縮生死由我去一面罵一面哭平兒襲人攔着勸他他嫂子臉上下不來因說道願意不願意你也好說犯不着拉三扯四的俗語說的好當着矮人别說矮話姑娘罵我我不敢還言這二位姑娘並没惹著你小老婆長小老婆短人家臉上怎麽過的去襲人平兒忙道你倒别說這話他也並不是說我們你倒别拉三扯四的你聽見那位太太太爺們封了我們做小老婆况且我們兩個也没有爹娘哥哥兄弟在這門子裡仗着我們橫行霸道的他罵的人自由他罵

去我們犯不著多心鴛鴦道他見我罵了他他臊了没的蓋臉又拿話調唆你們兩個幸虧你們兩個明白原是我急了也没分別出來他就挑出這個空兒來他嫂子自覺没趣賭氣去了鴛鴦氣的還罵平兒襲人勸他一回方罷了平兒因問襲人道你在那裡藏着做什麽我們竟没有看見你襲人道我因爲往四姑娘房裡看我們寶二爺去了誰知遲了一步說是家去了我疑惑怎麽没遇見呢想要往林姑娘家找去又遇見他的人說也没去我這裡正疑惑是出園子去了可巧你從那裡來了我一閃你也没看見後來他又來了我從這樹後頭走到山子石後我卻見你兩個說話來了誰知你們四個眼睛没見我一

語未了又聽身後笑道四個眼睛沒見你你們六個眼睛還沒見我呢三人嚇了一跳回身一看你道是誰却是寶玉襲人先笑道叫我好找你在那裡來着寶玉笑道我打四妹妹那裡出來迎頭看見你走了來我想來必是找我去的我就藏起來了哄你看你揚著頭過去了進了院子又出來了逢人就問我在那裡好笑等着你到了跟前嚇你一跳後來見你也藏藏躲躲的我就知道也是要哄人了我探頭兒往前看了一看却是他們兩個我就遶到你身後頭你出去我也躲在你躲的那裡了平兒笑道偺們再往後找找去罷只怕還找出兩個人來也未可知寶玉笑道這可再沒有了鴛鴦已知這話俱被寶玉聽了

只伏在石頭上粧睡寶玉推他笑道這石頭上冷偺們回屋裡去睡豈不好說着拉起鴛鴦來又忙讓平兒來家吃茶和襲人都勸鴛鴦走鴛鴦方立起身來四人竟往怡紅院來寶玉將方纔的話俱已聽見心中着實替鴛鴦不快只默默的歪在床上任他三人在外間說笑那邊邢夫人因問鳳姐兒鴛鴦的父親鳳姐因說他爹的名字叫金彩兩口子都在南京看房子不大上來他哥哥文翔現在是老太太的買辦他嫂子也是老太太那邊漿洗上的頭兒邢夫人便命人叫了他嫂子金文翔媳婦來細細說給他那媳婦自是喜歡興興頭頭去找鴛鴦指望一說必妥不想被鴛鴦搶白了一頓又被襲人平兒說了幾句

羞惱回來便對邢夫人說不中用他罵了我一塲因鳳姐兒在旁不敢提平兒說襲人也幫著搶白我說了我許多不知好歹的話回不得主子的太太和老爺商議再買罷諒那小蹄子也沒有這麽大福我們也沒有這麽大造化邢夫人聽了說道又與襲人什麽相干他們如何知道呢又問還有誰在跟前金家的道還有平姑娘鳳姐兒忙道你不該拿嘴巴子把他打回來我一出了門他就進去了回家來連個影兒也摸不著他必定也幫着說什麽來着金家的道平姑娘倒沒在跟前遠遠的看着倒像是他可也不真切不過是我白忖度著鳳姐便命人去快找了他來告訴我家來了太太也在這裡叫他快着來豐

兒忙上來回道林姑娘打發了人下請字兒請了三四次他纔去了奶奶一進門我就叫他去的林姑娘說告訴奶奶我煩他有事呢鳳姐兒聽了方罷故意的還說天天煩他有什麽事情邢夫人無計吃了飯回家晚上告訴了賈赦賈赦想了一想即刻叫賈璉來說南京的房子還有人看着不止一家即刻叫上金彩來賈璉回道上次南京信來金彩已經得了痰迷心竅那邊連棺材銀子都賞了不知如今是死是活即便活着人事不知叫來無用他老婆子又是個聾子賈赦聽了喝了一聲又罵混賬沒天理的囚攮的偏你這麽知道還不離了我這裡唬的賈璉退出一時又叫傳金文翔賈璉在外書房伺候着又不敢

家去又不敢見他父親只得聽着一時金文翔來了小么兒們直帶入二門裡去隔了四五頓飯的工夫纔出來去了賈璉暫且不敢打聽隔了一會又打聽賈赦睡了方纔過來至晚間鳳姐兒告訴他方纔明白且說鴛鴦一夜没睡至次日他哥哥回賈母接他家去逛逛賈母允了叫他家去鴛鴦意欲不去只怕賈母疑心只得免强出來他哥哥只得將賈赦的話說給他又許他怎麽體面又怎麽當家做姨娘鴛鴦只咬定牙不願意他哥哥無法少不得回去回覆賈赦賈赦惱起來因說道我說給你叫你女人和他說去就說我的話自古嫦娥愛少年他必定嫌我老了大約他戀著少爺們多半是看上了寶玉只怕也有

賈璉若有此心叫他早早歇了我要他不來已後誰敢收他這是一件第二件想著老太太疼他將來外邊聘個正頭夫妻去叫他細想憑他嫁到了誰家也難出我的手心除非他死了或是終身不嫁男人我就伏了他要不然時叫他趁早回心轉意有多少好處賈赦說一句金文翔應一聲是賈赦道你別哄我明兒我還打發你太太過去問鴛鴦你們說了他不依便没你們的不是若問他他再依了仔細你們的腦袋金文翔忙應了又應退出回家也等不得告訴他女人轉說竟自已對面說了這話把個鴛鴦氣的無話可回想了一想便說道我便願意去也須得你們帶了我回聲老太太去他哥嫂只當回想過來都

喜之不盡他嫂子即刻帶了他上來見賈母可巧王夫人薛姨媽李紈鳳姐兒寶釵等姊妹並外頭的幾個執事有頭臉的媳婦都在賈母跟前湊趣兒呢鴛鴦看見忙拉了他嫂子到賈母跟前跪下一面哭一面說把邢夫人怎麽來說園子裡他嫂子怎麽說今兒他哥哥又怎麽說因為不依方纔大老爺越發說我戀着寶玉不然要等着往外聘我憑到天上這一輩子也跳不出他的手心去終久要報仇我是橫了心的當着衆人在這裡我這一輩子別說是寶玉就是寶金寶銀寶天王寶皇帝橫竪不嫁人就完了就是老太太逼着我一刀子抹死了也不能從命伏侍老太太歸了西我也不跟着我老子娘哥哥去或是尋死或是剪了頭髮當姑子去要說我不是真心暫且拿話支吾這不是天地鬼神日頭月亮照著嗓子裡頭長疔原來這鴛鴦一進來時便袖內帶了一把剪子一面說著一面回手打開頭髮就鉸衆婆子丫鬟看見忙來拉住已剪下半綹來了衆人看時幸而他的頭髮極多鉸的不透連忙替他挽上賈母聽了氣的渾身打戰口內只說我通共剩了這麽一個可靠的人他們還要來算計因見王夫人在旁便向王夫人道你們原來都是哄我的外頭孝順暗地裡盤算我有好東西也來要有好人也來要剩了這個毛丫頭見我待他好了你們自然氣不過弄開了他好擺弄我王夫人忙站起來不敢還一言薛姨媽見連

王夫人怪上反不好勸的了李紈一聽見鴛鴦這話早帶了姊妹們出去探春有心的人想王夫人雖有委屈如何敢辯薛姨媽現是親妹妹自然也不好辯寶釵也不便爲姨母辯李紈鳳姐寶玉一發不敢辯這正用着女孩兒之時迎春老實惜春小因此窗外聽了一聽便走進來陪笑向賈母道這事與太太什麽相干老太太想一想也有大伯子的事小嬸子如何知道話未說完賈母笑道可是我老糊塗了姨太太別笑話我你這個姐姐他極孝順不像我們那大太太一味怕老爺婆婆跟前不過應景兒可是我委屈了他薛姨媽只答應是又說老太太偏心多疼小兒子媳婦也是有的賈母道不偏心因又說寶玉我

錯怪了你娘你怎麽也不提我看着你娘受委屈寶玉笑道我偏着母親說大爺大娘不成通共一個不是我母親要不認卻推誰去我倒要認是我的不是老太太又不信賈母笑道這也有理你快給你娘跪下你說太太別委屈了老太太有年紀了看着寶玉罷寶玉聽了忙走過來便跪下要說王夫人忙笑着拉起他來說快起來斷乎使不得難道替老太太給我陪不是不成寶玉聽說忙站起來賈母又笑道鳳姐兒也不提我鳳姐笑道我倒不派老太太的不是老太太倒尋上我了賈母聽了和衆人都笑道這可奇了倒要聽聽這個不是鳳姐道誰叫老太太會調理人調理的水葱兒是的怎麽怨得人要我幸虧是

孫子媳婦我若是孫子我早要了還等到這會子呢賈母笑道這倒是我的不是了鳳姐笑道自然是老太太的不是了賈母笑道這麽着我也不要了你帶了去罷鳳姐兒道等着修了這輩子來生托生男人我再要罷賈母笑道你帶了去給璉兒放在屋裡看你那沒臉的公公還要不要了鳳姐兒道璉兒不配就只配我和平兒這一對燒糊了的卷子和他混罷咧說的衆人都笑起來了丫頭回說大太太來了王夫人忙迎出去要知端底下回分解

紅樓夢第四十六回終

紅樓夢第四十七回

獃霸王調情遭苦打　冷郎君懼禍走他鄉

話說王夫人聽見邢夫人來了連忙迎着出去邢夫人猶不知賈母已知鴛鴦之事正還又來打聽信息進了院門早有幾個婆子悄悄的回了他他纔知道待要回去裡面已知又見王夫人接出來了少不得進來先與賈母請安賈母一聲兒不言語自已也覺得愧悔鳳姐兒早指一事迴避了鴛鴦也自回房去生氣薛姨媽王夫人等恐礙着邢夫人的臉面也都漸漸退了邢夫人且不敢出去賈母見無人方說道我聽見你替你老爺說媒來了你倒也三從四德的只是這賢惠也太過了你們如

今也是孫子兒子滿眼了你還怕他使性子我聽見你還由着你老爺的那性子鬧邢夫人滿面通紅回道我勸過幾次不依老太太還有什麼不知道的呢我也是不得已兒賈母道他逼着你殺人你也殺去如今你也想想你兄弟媳婦本來老實又生的多病多痛上上下下那不是他操心你一個媳婦雖然帮着也是天天丢下爬兒弄掃帚凡百事情我如今自已減了他們兩個就有些不到的去處有鴛鴦那孩子還心細些我的事情他還想着一點子該要的他就要了來該添什麼他就趂空兒告訴他們添了鴛鴦再不這麽着娘兒兩個裡頭外頭大的小的那裡不忽略一件半件我如今反倒自已操心去不成還

是天天盤算和他們要東要西去我這屋裡有的沒有的剩了他一個年紀也大些我凡做事的脾氣性格兒他還知道些他二則也遂投主子的緣法他也能不指著我和那位太太要衣裳去又和那位奶奶要銀子去所以這幾年一應事情他說什麼從你小嬸和你媳婦起至家下大大小小沒有不信的所以不單我得靠連你小嬸媳婦也都省心我有了這麼個人就是媳婦孫子媳婦想不到的我也不得缺了也沒氣可生了這會子他去了你們又弄什麼人來我使你們就弄他那麼個真珠兒是的人來不會說話也無用我正要打發人和你老爺說去他要什麼人我這裡有錢叫他只管一萬八千的買去就是要

這個丫頭不能留下他伏侍我幾年就和他日夜伏侍我盡了孝的一樣你來的也巧就去說更妥當了說畢命人來請了姨太太你姑娘們來纔高興說個話兒怎麼又都散了丫頭忙答應找去了衆人赶忙的又來只有薛姨媽向那丫鬟道我纔來了又做什麼去你就說我睡了那丫頭道好親親的姨太太姨祖宗我們老太太生氣呢你老人家不去沒個開交了只當疼我們罷你老人家怕走我背了你老人家去薛姨媽笑道小鬼頭兒你怕什麼不過罵幾句就完了說著只得和這小丫頭子走來賈母忙讓坐又笑道偺們鬥牌罷姨太太的牌也生了偺們一處坐着別叫鳳丫頭混了我們去薛姨媽笑道正是呢老

太太替我看着些兒就是偺們娘兒兩個鬥呢還是添一兩個人呢王夫人笑道可不只四個人鳳姐兒道再添一個人熱鬧些賈母道叫鴛鴦來叫他在這下手裡坐着姨太太的眼花了偺們兩個的牌都叫他看着些兒鳳姐笑了一聲向探春道你們知書識字的倒不學算命探春道這又奇了這會子你不打點精神贏老太太幾個錢又想算命鳳姐兒道我正要算算今兒該輸多少我還想贏呢你瞧瞧場兒沒上左右都埋伏下了說的賈母薛姨媽都笑起來一時鴛鴦來了便坐在賈母下首鴛鴦之下便是鳳姐兒鋪下紅毡洗牌告么五人起牌鬭了一囘鴛鴦見賈母的牌已十成只等一張二餅便遞了暗號兒與

鳳姐兒鳳姐兒正該發牌便故意躊躕了半晌笑道我這一張牌定在姨媽手裡扣着呢我若不發這一張牌再頂不下來的薛姨媽道我手裡並沒有你的牌鳳姐兒道我囘來是要査的薛姨媽道你只管査你且發下來我瞧瞧是張什麼鳳姐兒便送在薛姨媽跟前薛姨媽一看是個二餅便笑道我倒不稀罕他只怕老太太滿了鳳姐聽了忙笑道我發錯了賈母笑的已擲下牌來說你敢拏囘去誰叫你錯的不成鳳姐兒道可是我要算一算命呢這是自已發的也怨不得人了賈母笑道可是你自已打着你那嘴問着你自已纔是又向薛姨媽笑道我不是小氣愛贏錢原是個彩頭兒薛姨媽笑道我們可不是這樣

想那裡有那樣糊塗人說老太太愛錢呢鳳姐兒正數着錢聽了這話忙又把錢穿上了向衆人笑道彀了我的了竟不爲贏錢單爲贏彩頭兒我到底小氣輸了就穿錢快收起來罷賈母規矩是鴛鴦代洗牌的便和薛姨媽說笑不見鴛鴦動手賈母道你怎麼惱了連牌也不替我洗鴛鴦拿起牌來笑道奶奶不給錢麼賈母道他不給錢那是他交運了便命小丫頭子把他那一吊錢都拿過來小丫頭子真就拿了擱在賈母傍邊鳳姐兒笑道賞我罷照數兒給就是了薛姨媽笑道果然鳳姐兒小器不過頑兒罷了鳳姐兒聽說便站起來拉住薛姨媽回頭指着賈母素日放錢的一個木箱子笑道姑媽瞧瞧那個裡頭不

知頑了我多少去了這一吊錢頑不了半個時辰那裡頭的錢就招手兒叫他了只等把這一吊也叫進去了牌也不用鬬了老祖宗氣也平了又有正經事差我辦去了話未說完引的賈母衆人笑個不住正說着偏平兒怕錢不彀又送了一吊來鳳姐兒道不用放在我跟前也放在老太太的那一處罷一齊叫進去倒省事不用做兩次叫箱子裡的錢費事賈母笑的手裡的牌撒了一桌子推着鴛鴦叫快撕他的嘴平兒依言放下錢也笑了一回方回來至院門前遇見賈璉問他太太在那裡呢老爺叫我請過去呢平兒忙笑道在老太太跟前站了這半日還沒動呢趂早兒丟開手罷老太太生了半日氣這會子虧二

奶奶湊了半日的趣兒纔略好了些賈璉道我過去只說討老太太示下十四往賴大家去不去好預備轎子又請了太太又湊了趣兒豈不好呢平兒笑道依我說你竟別過去罷合家子連太太寶玉都有了不是這會子你又塡限去了賈璉道已經完了難道還找補不成况且與我又無干二則老爺親自吩咐我請太太去這會子我打發了人去倘或知道了正沒好氣呢指着這個拿我出氣罷說着就走平兒見他說的有理也就跟了賈璉過來到了堂屋裡便把脚步放輕了往裡間探頭只見邢夫人站在那裡鳳姐兒眼尖先瞧見了便使眼色兒不命他進來又使眼色與邢夫人邢夫人不便就走只得倒了一碗茶

來放在賈母跟前賈母一回身賈璉不防便沒躲過賈母便問外頭是誰倒像個小子一伸頭的是的鳳姐兒忙起身說我也恍惚看見有一個人影兒一面說一面起身出來賈璉忙進去陪笑道打聽老太太十四可出門好預備轎子賈母道旣這麼樣怎麼不進來又做神做鬼的賈璉陪笑道見老太太頑牌不敢驚動不過叫媳婦出來問問賈母道就忙到這一時等他家去你問他多少問不得那一遭兒你這麼小心來這又不知是來做耳報神的也不知是來做探子的鬼鬼祟祟倒嚇我一跳什麼好下流種子你媳婦和我頑牌呢還有半日的空兒你家去再和那趙二家的商量治你媳婦去罷說着衆人都笑了鴛

鴦笑道飽二家的老祖宗又拉上趙二家的去賈母也笑道可不我那裡記得什麼抱着背着的提起這些事来不由我不生氣我進了這門子做重孫媳婦起到如今我也有個重孫子媳婦了連頭帶尾五十四年憑着大驚大險千奇百怪的事也經了些從没經過這些事還不離了我這裡呢賈璉一聲兒不敢說忙退出來平兒在窻外站着悄悄的笑道我說你不聽倒底碰在網裡了正說着只見邢夫人也出來賈璉道都是老爺鬧的如今都搁在我和太太身上邢夫人道我把你這没孝心的種子人家還替老子死呢白說了幾句你就抱怨天抱怨地了你還不好好的呢這幾日生氣仔細他捶你賈璉道太太快過

去罷叫我來請了好半日了說著送他母親出來過那邊去邢夫人將方纔的話只略說了幾句賈赦無法又且含愧自此便告了病且不敢見賈母只打發邢夫人及賈璉每日過去請安只得又各處遣人購求尋覔終久費了五百兩銀子買了一個十七歲女孩子來名喚嫣紅收在屋裡不在話下這裡鬪了半日牌吃晚飯纔罷此一二日間無話轉眼到了十四黑早賴大的媳婦又進來請賈母高興便帶了王夫人薛姨媽及寶玉姊妹等至賴大花園中坐了半日那花園雖不及大觀園却也十分齊整寬濶泉石林木樓臺亭軒也有好幾處動人的外面大廳上薛蟠賈珍賈璉賈蓉並幾個近族的都來了那賴大家內

也請了幾個現任的官長並幾個大家子弟作陪因其中有個柳湘蓮薛蟠自上次會過一次已念念不忘又打聽他最喜串戲且都串的是生旦風月戲文不免錯會了意悞認他做了風月子弟正要與他相交恨沒有個引進這一天可巧遇見樂得無可不可且賈珍等也慕他的名酒蓋住了臉就求他串了兩齣戲下來移席和他一處坐着問長問短說東說西那柳湘蓮原係世家子弟讀書不成父母早喪素性爽俠不拘細事酷好耍鎗舞劍賭博吃酒以至眠花臥柳吹笛彈箏無所不為因他年紀又輕生得又美不知他身分的人都悞認作優伶一類那賴大之子賴尚榮與他素昔交好故今兒請來做陪不想酒後

別人猶可獨薛蟠又犯了舊病心中早已不快得便意欲走開完事無奈賴尚榮又說方纔寶二爺又囑咐我纔一進門雖見了只是人多不好說話叫我囑咐你散的時候別走他還有話說呢你既一定要去等我叫出他來你兩個見了再走與我無干說着便命小廝們到裡頭找一個老婆子悄悄告訴請出寶二爺來那小廝去了沒一盃茶時候果見寶玉出來了賴尚榮向寶玉笑道好叔叔把他交給你我張羅人去了說着已經去了寶玉便拉了柳湘蓮到廳側書房坐下問他這幾日可到秦鐘的墳上去了湘蓮道怎麼不去前兒我們幾個放鷹去離他墳上還有二里我想今年夏天雨水勤恐怕他墳上站不住我

背着衆人走到那裡去瞧了一瞧畧又動了一點子回家来就便弄了幾百錢第三日一早出去僱了兩個人收什好了寶玉說怪道呢上月我們大觀園的池子裡頭結了蓮蓬我摘了十個叫焙茗出去到墳上供他去回來我也問他可被雨冲壞了沒有他說不但沒冲更比上回新了些我想着必是這幾個朋友新收拾了我只恨我天天圈在家裡一點兒做不得主行動就有人知道不是這個攔就是那個勸的能說不能行雖然有錢又不由我使柳湘蓮道這個事也用不着你操心外頭有我你只心裡有了就是了眼前十月初一日我已經打點下上墳的花消你知道我一貧如洗家裡是沒的積聚的總有幾個錢來隨手就光的不如趁空兒留下這一分省的到了跟前扎煞手寶玉道我也正為這個要打發焙茗找你你又不大在家知道你天天萍踪浪跡沒個一定的去處柳湘蓮道你也不用找我這個事也不過各盡其道眼前我還要出門去走走外頭遊逛三年五載再回來寶玉聽了忙問這是為何柳湘蓮冷笑道我的心事等到跟前你自然知道我如今要别過了寶玉道好容易會着晚上同散豈不好湘蓮道你那令姨表兄還是那樣再坐着未免有事不如我迴避了倒好寶玉想一想說道既是這麽樣倒是迴避他為是只是你要果真遠行必須先告訴我一聲千萬別悄悄的去了說着便滴下淚來柳湘蓮說道自然

要辭你去你只別和別人說就是了說着就站起來要走又道你就進去罷不必送我一面說一面出了書房剛至大門前早遇見薛蟠在那裡亂叫誰放了小柳兒走了柳湘蓮聽了火星亂迸恨不得一拳打死復思酒後揮拳又礙着賴尚榮的臉面只得忍了又忍薛蟠忽見他走出來如得了珍寶忙趔趄著走上去一把拉住笑道我的兄弟你往那裡去了湘蓮道走走就來薛蟠笑道你一去都沒了興頭了好歹坐一坐就算疼我了憑你什麼要緊的事交給哥哥只別忙你有這個哥哥你要做官發財都容易湘蓮見他如此不堪心中又恨又惱早生一計拉他到避凈處笑道你真心和我好還是假心和我好呢薛蟠聽見這話喜得心癢難撓乜斜着眼笑道好兄弟你怎麼問起我這樣話來我要是假心立刻死在眼前湘蓮道既如此這裡不便等坐一坐我先走你隨後出來跟到我下處咱們索性喝一夜酒我那裡還有兩個絕好的孩子從沒出門的你可連一個跟的人也不用帶到了那裡伏侍人都是現成的薛蟠聽如此說喜的酒醒了一半說果然如此湘蓮笑道如何人拿真心待你你到不信了薛蟠忙笑道我又不是獃子怎麼有個不信的呢既如此我又不認得你先去了我在那裡找你湘蓮道我這下處在北門外頭你可捨得家城外住一夜去薛蟠道有了你我還要家做什麼湘蓮道既如此我在北門外頭橋上等你

偺們席上且吃酒去你看我走了之後你再走他們就不留神
了薛蟠聽了連忙答應道是二人復又入席飲了一回那薛蟠
難熬已拿眼看湘蓮心內越想越樂左一壺右一壺並不用人
讓自已就吃了又吃不覺酒有八九分了湘蓮就起身出來瞅
人不防出至門外命小廝杏奴先家去罷我到城外就來說果
已跨馬直出北門橋上等候薛蟠一頓飯的工夫只見薛蟠騎
著一匹馬遠遠的赶了來張着嘴瞪着眼頭似撥浪鼓一般不
住左右亂瞧及至從湘蓮馬前過去只顧往遠處瞧不曾留心
近處湘蓮又笑又恨他便也撒馬隨後跟來薛蟠往前看時漸
漸人烟稀少便又圈馬回來再不想一回頭見了湘蓮如獲奇

珍忙笑道我說你是個再不失信的湘蓮笑道快往前走仔細
人看見跟了來就不好了說着先就撒馬前去薛蟠也就緊緊
跟來湘蓮見前面人煙已稀且有一帶葦塘便下馬將馬拴在
樹上向薛蟠笑道你下來偺們先設個誓日後要變了心告訴
別人的就應誓薛蟠笑道這話有禮連忙下馬也拴在樹上便
跪下說道我要日久變心告訴人去的天誅地滅一言未了只
聽鏜的一聲背後好似鐵鎚砸下來只覺得一陣黑滿眼金星
亂迸身不由已就倒在地下了湘蓮走上來瞧瞧知道他是個
不慣捱打的只使了三分氣力向他臉上拍了幾下登時便開
了菓子鋪薛蟠先還要扎掙起身又被湘蓮用脚尖點了一點

仍舊跌倒口內說道原來是兩家情愿你不依只管好說爲什麽哄出我來打我一面說一面亂罵湘蓮道我把你這瞎了眼的你認認柳大爺是誰你不說哀求你還傷我我打死你也無益只給你個利害罷說着便取了馬鞭過來從背後至脛打了三四十下薛蟠的酒早已醒了大半不覺得疼痛難禁由不的噯喲一聲湘蓮冷笑道也只如此我只當你是不怕打的一面說一面又把薛蟠的左腿拉起來向葦中濘泥處拉了幾步滾的滿身泥水又問道你可認得我了薛蟠不應只伏著哼哼湘蓮又擲下鞭子用拳頭向他身上擂了幾下薛蟠便亂滾亂叫說肋條折了我知道你是正經人因爲我錯聽了傍人的話了

湘蓮道不用拉傍人你只說現在的薛蟠道現在也沒什麽說的不過你是個正經人我錯了湘蓮道還要說軟些纔饒你薛蟠哼哼的道好兄弟湘蓮便又一拳薛蟠噯了一聲道好哥哥湘蓮又連兩拳薛蟠忙噯喲叫道好老爺饒了我這沒眼睛的瞎子罷從今已後我敬你怕你了湘蓮道你把那水喝兩口薛蟠一面聽了一面皺眉道這水實在腌臢怎麽喝的下去湘蓮舉拳就打薛蟠忙道我喝我喝說着只得俯頭向葦根下喝了一口猶未嚥下去只聽哇的一聲把方纔吃的東西都吐了出來湘蓮道好腌臢東西你快吃完了饒你薛蟠聽了叩頭不迭說好歹積陰功饒我罷這至死不能吃的湘蓮道這麽氣息倒

又罵一回湘蓮意欲告訴王夫人遣人尋拿湘蓮寶釵忙勸道這不是什麼大事不過他們一處吃酒酒後反臉常情誰醉了多挨幾下子打也是有的况且偺們家的無法無天的人也是人所共知的媽媽不過是心疼的原故要出氣也容易等三五天哥哥好了出得去的時候那邊珍大爺璉二爺這干人也未必白丟開手自然備個東道叫了那個人來當着眾人替哥哥賠不是認罪就是了如今媽媽先當件大事告訴眾人倒顯的媽媽偏心溺愛縱容他生事招人今兒偶然吃了一次虧媽媽就這樣興師動眾倚着親戚之勢欺壓常人薛姨媽聽了道我的兒到底是你想的到我一時氣糊塗了寶釵笑道這纔好呢

他又不怕媽媽又不聽人勸一天縱似一天吃過兩三個虧他也罷了薛蟠睡在炕上痛罵湘蓮又命小廝去折他的房子打死他和他打官司薛姨媽喝住小廝們只說湘蓮一時酒後放肆如今酒醒後悔不及懼罪逃走了薛蟠聽見如此說了要知端底且看下回分解

紅樓夢第四十七回終

紅樓夢第四十八回

濫情人情誤思游藝　慕雅女雅集苦吟詩

話說薛蟠聽見如此說了氣方漸平三五日後疼痛雖愈傷痕未平只粧病在家愧見親友展眼已到十月因有各舖面夥計內有算年賬要回家的少不得家裡治酒餞行內有一個張德輝自幼在薛蟠當舖內攬總家內也有了二三千金的過活今歲也要回家明春方來因說起今年紙劄香料短少明年必是貴的明年先打發大小兒上來當舖裡照管趕端陽前我順路就販些紙劄香扇來賣除去關稅花消稍亦可以剩得幾倍利息薛蟠聽了心下忖度如今我挨了打正難見人想着要躲避一年半載又沒處去躲天天粧病也不是常法況且我長了這麽大文不文武不武雖說做買賣究竟戥子算盤從沒拿過地土風俗遠近道路又不知道不如也打點幾個本錢和張德輝逛一年來賺錢也罷不賺錢也罷且躲躲羞去二則逛逛山水也是好的心內主意已定至酒席散後便和氣平心與張德輝說知命他等一二日一同前往晚間薛蟠告訴他母親薛姨媽聽了雖是喜歡但又恐他在外生事花了本錢倒是未事因此不叫他去只說你好歹跟着我我還放心些況且也不用這個買賣等不着這幾百銀子使薛蟠主意已定那裡肯依只說天天又說我不知世務這個也不知那個也不學如今我發狠

把那些没要緊的都斷了如今要成人立事學習買賣又不准我了叫我怎麽樣呢我又不是個丫頭把我關在家裡何日是個了手况且那張德輝又是個有年紀的夥伴和他是世家我同他怎麽得有錯我就有一時半刻不好的去處他自然說我勸我就是東西貴賤行情他是知道的自然色色問他何等順利倒不叫我去過兩日我不告訴家裡私自打點了走明年發了財回來纔知道我呢說畢賭氣睡覺去了薛姨媽聽他如此說因和寶釵商議寶釵笑道哥哥果然要經歷正事倒也罷了只是他在家裡說着好聽到了外頭舊病復發難拘束他了但也愁不得許多他若是真改了是他一生的福若不改媽媽也

不能又有别的法子一半盡人力一半聽天罷了這麽大人了若只管怕他不知世路出不得門幹不得事今年關在家裡明年還是這個樣兒他既說的名正言順媽媽就打諒著丢了一千八百銀子竟交與他試一試横竪有夥計幫著他也未必好意思哄騙他的二則他出去了左右没了助與的人又没有倚仗的人到了外頭誰還怕誰有了的吃没了的餓著舉眼無靠他見了這樣只怕比在家裡省了事也未可知薛姨媽聽了思忖半晌道倒是你說的是花兩個錢叫他學些乖來也值商議已定一宿無話至次日薛姨媽命人請了張德輝來在書房中命薛蟠款待酒飯自已在後廊下隔着窗子千言萬語囑托張

德輝照管張德輝滿口應承吃過飯告辭又回說十四日是上好出行日期大世兄即刻打點行李僱下騾子十四日一早就長行了薛蟠喜之不盡將此話告訴了薛姨媽薛姨媽和寶釵香菱並兩個年老的嬤嬤連日打點行裝派下薛蟠之奶公老蒼頭一名當年諳事舊僕二名外有薛蟠隨身常使小厮二名主僕一共六人僱了三輛大車單拉行李使物又僱了四個長行騾子薛蟠自騎一匹家內養的鐵青大走騾外備一匹坐馬諸事完畢薛姨媽寶釵等連夜勸戒之言自不必備說至十三日薛蟠先去辭了他母舅然後過來辭了賈宅諸人賈珍等未免又有餞行之說也不必細述至十四日一早薛姨媽寶

釵等直同薛蟠出了儀門母女兩個四隻眼看他去了方回來薛姨媽上京帶來的家人不過四五房並兩三個老嬤嬤小丫頭今跟了薛蟠一去外面只剩了一兩個男子因此薛姨媽即日到書房將一應陳設玩器並簾幔等物盡行搬進來收貯命兩個跟去的男子之妻一并也進來睡覺又命香菱將他屋裡也收拾嚴緊將門鎖了晚上和我去睡寶釵道媽媽既有這些人作伴不如叫菱姐姐和我作伴去我們園裡又空夜長了我每夜做活越多一個人豈不越好薛姨媽笑道正是我忘了原該叫他和你去纔是我前日還和你哥哥說文杏又小到三不着兩的鶯兒一個人不彀伏侍的還要買一個丫頭來你使寶

釵道買的不知底裡倘或走了眼花了錢事小沒的淘氣倒是慢慢打聽着有知道來歷的買個還罷了一面說一面命香菱收拾了衾褥妝奩命一個老嬷嬷並臻兒送至蘅蕪苑去然後寶釵和香菱纔同回園中來香菱向寶釵道我原要和太太說的等大爺去了我和姑娘做伴去我又恐怕太太多心說我貪着園裡來頑誰知你竟說了寶釵笑道我知道你心裡羨慕這園子不是一日兩日的了只是沒有個空兒每日來一趟慌慌張張的也沒趣兒所以趁着機會越發住上一年我也多個做伴的你也遂了你的心香菱笑道好姑娘趁著這個功夫你教給我做詩罷寶釵笑道我說你得隴望蜀呢我勸你且緩一緩

今兒頭一日進來先出園東角門從老太太起各處各人你都瞧瞧問候一聲兒也不必特意告訴他們搬進園來若有提起因由兒的你只帶口說我帶了你進來做伴兒就完了回來進了園再到各姑娘房裡走走香菱應着纔要走時只見平兒忙忙的走來香菱忙問了好平兒只得陪笑相問寶釵因向平兒笑道我今兒把他帶了來做伴兒正要回你奶奶一聲兒平兒笑道姑娘說的是那裡的話我竟沒話答言了寶釵道這纔是正理店房有個主人廟裡有個住持雖不是大事到底告訴一聲就是園裡坐更上夜的人知道添了他兩個也好關門候戶的了你回去就告訴一聲罷我不打發人說去了平兒答應着

因又向香菱道你既來了也不拜拜街房去嗎寶釵笑道我正
呌他去呢平兒道你且不必往我們家去二爺病了在家裡呢
香菱答應著去了先從賈母處來不在話下且說平兒見香菱
去了就拉寶釵悄悄說道姑娘可聽見我們的新文没有寶釵
道我没聽見新文因連日打發我哥哥出門所以你們這裡的
事一槩不知道連姐妹們這兩天没見平兒笑道老爺把二爺
打的動不得難道姑娘就没聽見嗎寶釵道早起恍惚聽見了
一句也信不真我也正要瞧你奶奶去呢不想你來又是為了
什麽打他平兒咬牙罵道都是那什麽賈雨村半路途中那裡
來的餓不死的野雜種認了不到十年生了多少事出來今年

春天老爺不知在那個地方看見幾把舊扇子回家來看家裡
所有收着的這些好扇子都不中用了立刻叫人各處搜求誰
知就有個不知死的冤家混號兒叫做石頭獃子窮的連飯也
没的吃偏偏他家就有二十把舊扇子死也不肯拿出大門來
二爺好容易煩了多少情見了這個人說之再三他把二爺請
了到他家裡坐著拿出這扇子來略瞧了一瞧據二爺說原是
不能再得的全是湘妃棕竹麋鹿玉竹的皆是古人寫畫真跡
回來告訴了老爺便叫買他的要多少銀子給他多少偏那石
獃子說我餓死凍死一千兩銀子一把我也不賣老爺没法了
天天罵二爺没能為已經許他五百銀子先兌銀子後拿扇子

他只是不賣只說要扇子先要我的命姑娘想想這有什麽法子誰知那雨村沒天理的聽見了便設了法子訛他拖欠官銀拿他到了衙門裡去說所欠官銀變賣家產賠補把這扇子抄了來做了官價送了來那石獃子如今不知是死是活老爺問着二爺說人家怎麽弄了來了二爺只說了一句爲這點子小事弄的人家傾家敗產也不算什麽能爲老爺聽了就生了氣說二爺拿話堵老爺呢這是第一件大的過了幾日還有幾件小的我也記不清所以都湊在一處就打起來了也沒拉倒用板子棍子就站着不知他拿什麽東西打了一頓臉上打破了兩處我們聽見姨太太這裡有一種藥上棒瘡的姑娘尋一丸給我呢寶釵聽了忙命鶯兒去要了兩丸來與平兒寶釵道既這樣你去替我問候罷我就不去了平兒向寶釵答應着去了不在話下且說香菱見了衆人之後吃過晚飯寶釵等都往賈母處去了自己便往瀟湘館中來此時黛玉已好了大半了見香菱也進園來住自是喜歡香菱因笑道我這一進來了也得空兒好歹教給我做詩就是我的造化了黛玉笑道既要學做詩你就拜我爲師我雖不通大略也還教的起你香菱笑道果然這樣我就拜你爲師你可不許膩煩的黛玉道什麽難事也得値去學不過是起承轉合當中承轉是兩付對子平聲的對仄聲虛的對實的實的對虛的若是果有了奇句連平仄虛實

不對都使得的香菱笑道怪道我常弄本舊詩偷空兒看一兩首又有對的極工的又有不對的又聽見說一三五不論二四六分明看古人的詩上亦有順的亦有二四六的上錯了所以天天疑惑如今聽你一說原來這些規矩竟是沒事的只要詞句新奇為上黛玉道正是這個道理詞句究竟還是末事第一是立意要緊若意趣真了連詞句不用修飾自是好的這叫做不以詞害意香菱道我只愛陸放翁的重簾不捲留香久古硯微凹聚墨多說的真切有趣黛玉道斷不可看這樣的詩你們因不知詩所以見了這淺近的就愛一入了這個格局再學不出來的你只聽我說你若真心要學我這裏有王摩詰全集你

且把他的五言律一百首細心揣摩透熟了然後再讀一百二十首老杜的七言律次之再李青蓮的七言絕句讀一二百首肚子裏先有了這三個人做了底子然後再把陶淵明應劉謝阮庾鮑等人的一看你又是這樣一個極聰明伶俐的人不用一年工夫不愁不是詩翁了香菱聽了笑道既這樣好姑娘你就把這書給我拿出來我帶回去夜裏念幾首也是好的黛玉聽說便命紫鵑將王右丞的五言律拿來遞與香菱道你只看有紅圈的都是我選的有一首念一首不明白的問你姑娘或者遇見我講與你就是了香菱拿了詩回至蘅蕪苑中諸事不管只向燈下一首一首的讀起來寶釵連催他數次睡覺他

也不睡寶釵見他這般苦心只得隨他去了一日黛玉方梳洗完了只見香菱笑吟吟的送了書來又要換杜律黛玉笑道共記得多少首香菱笑道凡紅圈選的我盡讀了黛玉道可領畧了些沒有香菱笑道我倒領畧了些只不知是不是說給你聽聽黛玉笑道正要講究討論方能長進你且說來我聽聽香菱笑道據我看來詩的好處有口裡說不出來的意思想去却是必真的又似乎無理的想去竟是有理有情的黛玉笑道這話有了些意思但不知你從何處見得香菱笑道我看他塞上一首內一聯云大漠孤烟直長河落日圓想來烟如何直日自然是圓的這直字似無理圓字似太俗合上書一想倒像是見了

這景的要說再找兩個字換這兩個竟再找不出兩個字來再還有日落江湖白潮來天地青這白青兩個字也似無理想來必得這兩個字纔形容的盡念在嘴裡到像有幾千觔重的一個橄欖是的還有渡頭餘落日墟裡上孤烟這餘字合上字難為他怎麽想來我們那年上京來那日下晚便挽住船岸上又沒有人只有幾棵樹遠遠的幾家人家作晚飯那個烟竟是青碧連雲誰知我昨兒晚上看了這兩句倒像我又到了那個地方去了正說着寶玉和探春來了都入坐聽他講詩寶玉笑道既是這樣也不用看詩會心處不在遠聽你說了這兩句可知三昧你已得了黛玉笑道你說他這上孤烟好你還不知他這

一句還是套了前人的來我給你這一句瞧瞧更比這個淡而現成說着便把陶淵明的曖曖遠人村依依墟里烟翻了出來遞給香菱香菱瞧了點頭嘆賞笑道原來上字是從依依兩個字上化出來的寶玉大笑道你已得了不用再講越發倒學雜了你就做起來了必是好的探春笑道明兒我補一個東來請你入社香菱道姑娘何苦打趣我我不過是心裏羨慕纔學這個頑罷了探春黛玉都笑道誰不是頑難道我們是認真做詩呢要說我們真成了詩出了這園子把人的牙還笑掉了呢寶玉道這也算自暴自棄了前兒我在外頭和相公們商畫兒他們聽見偺們起詩社我求把稿子給他們瞧瞧我就寫了幾

首給他們看看誰不是真心嘆服他們抄了刻去了探春黛玉忙問道這是真話麼寶玉笑道說謊的是那架上鸚哥黛玉探春聽說都道你真真胡鬧且別說那不成詩便成詩我們的筆墨也不該傳到外頭去寶玉道這怕什麼古來閨閣中筆墨不要傳出去如今也没人知道呢說著只見惜春打發了入畫來請寶玉寶玉方聽了香菱又逼着換出社律又央黛玉探春二人出個題目讓我謅去謅了來替我改正黛玉道昨夜的月最好我正要謅一首未謅成你就做一首來十四寒的韻由你愛用那幾個字去香菱聽了喜的拿着詩回來又苦思一回做兩句詩又捨不得杜詩又讀兩首如此茶飯無心坐卧不定寶釵

道何苦自尋煩惱都是顰兒引的你我和他算賬去你本來獃頭獃惱的再添上這個越發弄成個獃子了香菱笑道好姑娘別混我一面說一面做了一首先給寶釵看了笑道這個不好不是這個做法你別害臊只管拿了給他瞧去看是他怎麽說菱香聽了便拿了詩找黛玉黛玉看時只見寫道是

月桂中天夜色寒　清光皎皎影團團
詩人助興常思玩　野客添愁不忍觀
翡翠樓邊懸玉鏡　珍珠簾外掛冰盤
良宵何用燒銀燭　晴彩輝煌映畫欄

黛玉笑道意思卻有只是措詞不雅皆因你看的詩少被他縛

住了把這首詩丟開再做一首只管放開膽子去做香菱聽了默默的回來越發連房也不進去只在池邊樹下或坐在山石上出神或蹲在地下摳地來往的人都詫異李紈寶釵探春寶玉等聽得此言都遠遠的站在山坡上瞧着他笑只見他皺一回眉又自己含笑一回寶釵笑道這個人定是瘋了昨夜嘟嘟噥噥直鬧到五更纔睡下沒一頓飯的工夫天就亮了我就聽見他起來了忙忙碌碌梳了頭就找顰兒去一回來了獃了一天做了一首又不好自然這會子另做呢寶玉笑道這正是地靈人傑老天生人再不虛賦情性的我們成日嘆說可惜他這麽個人竟俗了誰知到底有今日可見天地至公寶釵聽了笑

道你能句像他這苦心就好了學什麽有個不成的嗎寶玉不答只見香菱興興頭頭的又往黛玉那邊來了探春笑道偺們跟了去看他有些意思沒有說着一齊都往瀟湘館來只見黛玉正拿著詩和他講究呢衆人因問黛玉做的如何黛玉道自然算難爲他了只是還不好這一首過於穿鑿了還得另做衆人因要詩看時只見做道是

非銀非水映牕寒　試看晴空護玉盤
淡淡梅花香欲染　絲絲柳帶露初乾
只疑殘粉塗金砌　恍若輕霜抹玉欄
夢醒西樓人跡絶　餘容猶可隔簾看

寶釵笑道不像吟月了月字底下添一個色字倒還使得你看句句倒像是月色也罷了原是詩從胡說來再遲幾天就好了香菱自爲這首詩妙絶聽如此說自已又掃了興不肯丢開手便要思索起來因見他姐妹們說笑便自已走至堦下竹前挖心搜胆的耳不傍聽目不别視一時探春隔牕笑說道菱姑娘你閒閒罷香菱怔怔答道閒字是十五删的錯了韻了衆人聽了不覺大笑起來寶釵道可真詩魔了都是顰兒引的他黛玉笑道聖人說誨人不倦他又來問我我豈有不說的理李紈笑道偺們拉了他往四姑娘屋裡去引他瞧瞧畫兒叫他醒一醒纔好說着真個出来拉他過藕香榭至煖香塢中惜春正乏倦

在床上歪着睡午覺晝縮立在壁間用紗罩着衆人喚醒了惜春揭紗看時十停方有了三停見晝上有幾個美人因指香菱道凡會做詩的都畫在上頭你快學罷說着頑笑了一回各自散去香菱滿心中正是想詩至晚間對燈出了一回神至三更巳後上床躺下兩眼睁睁直到五更方纔朦朧睡着了一時天亮寶釵醒了聽了一聽他安穩睡了心下想他翻騰了一夜不知可做成了這會子丟了且別叫他正想著只見香菱從夢中笑道可是有了難道這一首還不好嗎寶釵聽了又是可嘆又是可笑連忙叫醒了他問他得了什麽他這誠心都通了仙了學不成詩弄出病來呢一面說一面梳洗了和姐妹往賈母處

來原來香菱苦志學詩精血誠聚日間不能做出忽于夢中得了八句梳洗巳畢便忙寫出來到沁芳亭只見李紈給衆姐妹方從王夫人處回來寶釵正告訴他們說他夢中做詩說夢話衆人正笑擡頭見他來了就都爭着要詩看要知端底且看下回分解

紅樓夢第四十八回終